Philippe Lê

La reine
de la récré

Fanny Joly vit à Paris avec son mari et leurs trois enfants. Elle écrit pour la télévision, le théâtre (notamment les sketches de sa sœur Sylvie Joly) et la jeunesse.

Elle a publié plus de 100 livres, chez Actes Sud Junior, Bayard, Casterman, Flammarion, Hachette, J'ai Lu Jeunesse, Nathan, Pocket, Thierry Magnier...

Du même auteur dans Bayard Poche :

Parfaite, la princesse ? (Les belles histoires)

La charabiole - La télé toquée - La ruse de Cunégonde - Les pâtacolors, j'adore ! - Le prince congelé - Drôles de contrôles - Drôle de cadeau - Drôle de colo (J'aime lire)

Une famille treize étrange (J'aime lire plus)

Roser Capdevila vit à Barcelone, où elle est née en 1939. Dès l'enfance, elle se découvre une passion pour le dessin et tout naturellement s'inscrit à l'école des Beaux-Arts. C'est en 1980 qu'elle commence à illustrer des livres pour enfants, édités dans plusieurs pays. En France, ses ouvrages sont publiés par Nathan, Casterman et Bayard Jeunesse.

Du même illustrateur chez Bayard Poche :

L'angine de Maman - La marmaille de la reine - Flora chanteuse d'opéra - Flora part à Pekin - Le prince Nino à la maternouille (Les belles histoires)

Une sorcière dans mon cartable (Mes premiers J'aime lire)

Drôles de contrôles - Drôle de cadeau - Drôle de colo (J'aime lire)

Onzième édition

La reine de la récré

Une histoire écrite par Fanny Joly
illustrée par Roser Capdevila

mes premiers
j'aime lire

BAYARD POCHE

Chapitre 1

Margot n'est jamais la première à l'école. Vraiment jamais. Le matin, quand Lola, Simon et tous les autres copains sont déjà en rang sous le préau, Margot traîne encore sur le trottoir devant l'école.

Chaque fois, le maître lui crie :

– Alors, Margot, tu es mal réveillée ? Vite, dépêche-toi de te mettre en rang !

Dans l'escalier, souvent, Margot n'a même pas monté une marche, alors que les autres sont déjà presque arrivés au premier étage.

En classe, ce n'est pas mieux.

Quand le maître demande d'ouvrir son cartable et de prendre son cahier, Margot chantonne ou se gratte le bout du nez.

Et quand tout le monde a déjà écrit son nom et la date, Margot est encore en train de rêver en regardant le ciel par la fenêtre.

Margot est toujours la dernière à finir ses exercices.

Si le maître pose une question, elle ne lève surtout pas le doigt. Margot n'a aucune envie de répondre, ni de lire ce qui est écrit au tableau.

Lundi matin, le maître demande :

– Combien font 3 plus 2 ?

Tous les élèves lèvent leur ardoise. Dessus, ils ont écrit « 5 ».

Comme Margot ne bouge pas, le maître lui dit :

– Allez, Margot, réponds aussi !

Elle finit par lever son ardoise. Dessus, elle a écrit « 32 » !

Tout le monde rit, sauf le maître.

Mardi, le maître lui demande :

– Margot, comment écrit-on « chapeau » ?

Elle réfléchit longtemps avant de répondre :

– Euh... avec un stylo ?

Le maître fait une drôle de tête.

Chapitre 2

À l'école, il y a pourtant un endroit où Margot est toujours la première : c'est dans la cour.

Dès que la cloche sonne, dès que le maître ouvre la porte, personne n'est plus rapide que Margot pour descendre en récréation.

En récré, Margot est la reine. On peut lui poser n'importe quelle question, elle a toujours la réponse. Si Lola dit :

– Qu'est-ce qu'on fait ?

Aussitôt, Margot s'écrie :

– Le premier qui lance un marron dans le trou des cabinets !

Et Margot met six marrons dans le trou avant que les autres aient le temps d'en ramasser un seul.

Et hop ! Margot part de l'autre côté en criant :

– On joue aux Indiens ! Le premier qui attache Lola au poteau de basket !

Les autres n'ont pas encore bougé, et Lola est déjà ficelée comme un rôti avec trois cordes à sauter.

Et c'est la même chose à toutes les récrés, tous les matins, tous les après-midi.

Et puis, un matin, c'est au tour du maître de surveiller la récréation. Assis sur le banc, il ne regarde qu'une seule personne : Margot.

Le maître regarde Margot sauter, bondir,

danser, faire des galipettes, marcher sur
les mains, gagner aux billes, à l'élastique,
à saute-mouton.

Et les yeux du maître s'ouvrent grands,
de plus en plus grands.

À la fin de la récréation, le maître fait comme un petit crochet avec son doigt pour dire à Margot : « Viens par ici ! »

Tous les copains croient qu'il va la gronder. Mais il dit :

– Et si tu étais aussi forte, aussi rapide, aussi drôle en classe qu'en récré ? Tu t'amuserais beaucoup plus, tu sais !

Chapitre 3

Après la récré, Margot décide d'essayer. En calcul, en lecture, elle a les oreilles rouges, tellement elle s'applique. Jeudi, elle écrit tous ses mots sans aucune faute.

La semaine d'après, elle réussit à lire en entier le livre préféré de son copain Simon.

Pour la féliciter, le maître lui a même donné un porte-clés avec une grenouille.

Mais quand on demande à Margot ce qu'elle préfère à l'école, elle répond toujours, comme avant :

– Le mieux en classe, c'est la récré !

Perdu chez les sorciers

Augustin vient de déménager. Mamie, sa grand-mère « joyeuse et sans soucis », l'accompagne dans sa nouvelle école. Mais, catastrophe : elle se trompe de rue, et Augustin se retrouve dans une école… de sorciers. Le voilà prisonnier d'une affreuse maîtresse-sorcière ! Impossible de s'enfuir. À moins, peut-être, de suivre la devise de Mamie…

La princesse au sommeil léger

Il était une fois une princesse au sommeil très léger, tellement léger qu'une souris se frisant les moustaches pouvait la réveiller ! Un jour, elle reçoit le message d'un prince : il promet d'épouser celle qui le sortira d'un « grand embarras ». Quel est donc cet ennui ? Qu'importe ! La princesse court chez le prince. Mais, embarrassée elle-même par son sommeil trop léger, saura-t-elle l'aider ?

Jules a disparu

Claire et Félix en ont assez de Jules, leur petit frère. Leurs parents s'occupent sans cesse de lui, et ils n'ont même plus le temps de les emmener à la piscine ! Alors, Claire et Félix décident de le prêter. Mais qui voudrait emprunter un bébé ? Claire va porter une annonce à la boulangerie. Quand elle rentre à la maison, horreur : Jules a disparu ! Où est-il passé ? Un inconnu est-il déjà venu le chercher ?

La collection des premiers pas
dans la lecture autonome

 Se faire peur et frissonner de plaisir **Rire et sourire avec**

des personnages insolites **Réfléchir et comprendre la vie de**

tous les jours **Se lancer dans des aventures pleines de**

rebondissements **Rêver et voyager dans des univers fabuleux**

Grâce aux différents niveaux de lecture proposés dans chacun de ses numéros, *Mes premiers J'aime lire* est vraiment adapté au rythme d'apprentissage de votre enfant.

Un magazine pour découvrir le plaisir de lire seul, comme un grand !

CHAQUE MOIS
- une histoire courte,
- un roman en chapitres avec sa cassette audio,
- des jeux
- une BD d'humour.

Autant de façons de s'initier
avec plaisir à la lecture autonome !

**Disponible tous les mois
chez votre marchand de journaux
ou par abonnement.**

Bayard JEUNESSE

J'AIME LIRE
Des premiers romans à dévorer tout seul !

Édition

 Réfléchir et comprendre
la vie de tous les jours

La maison de mon grand-père — Mon meilleur copain

 Rire et sourire
avec des personnages insolites

Crapounette à l'école — Alerte : Poule en panne !

 Se faire peur et frissonner
de plaisir

C'est dur d'être un vampire — La nuit des squelettes

 Rêver et voyager
dans des univers fabuleux

Le secret de Farida — La grande course

 Se lancer dans des aventures
pleines de rebondissements

Le tour du monde de Ning — La villa d'en face

Tes histoires préférées
enfin **racontées !**
J'écoute J'AIME LIRE

La confiture de leçons — La charabiole — Le mot interdit — Les cent mensonges de Vincent — Victor, l'enfant sauvage

Presse

Le magazine *J'aime lire* accompagne les enfants dans des **grands moments de lecture**

Une année de *J'aime lire*, c'est :

- 12 romans de genres toujours différents : vie quotidienne, merveilleux, énigme...

- Des romans créés pour des enfants d'aujourd'hui par les meilleurs auteurs et illustrateurs jeunesse.

- Un confort de lecture très étudié pour faciliter l'entrée dans l'écrit : place de l'illustration, longueur du roman, structuration par chapitres, typographie adaptée aux jeunes lecteurs.

Chaque mois : un roman illustré inédit, 16 pages de BD, et des jeux pour découvrir le plaisir de jouer avec les mots.

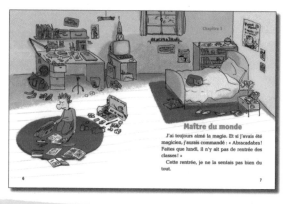

Maître du monde

J'ai toujours aimé la magie. Et si j'avais été magicien, j'aurais commandé : « Abracadabra ! Faites que lundi, il n'y ait pas de rentrée des classes ! »

Cette rentrée, je ne la sentais pas bien du tout.

Pour en savoir plus : www.jaimelire.com

Achevé d'imprimer en octobre 2007 par Oberthur Graphique
35000 RENNES – N° Impression : 8024
Imprimé en France